詩集

悼心《とうしん》の供《そな》え花

谷口典子

詩集

悼心《とうしん》の供《そな》え花

谷口典子

装画　西川寛子

詩集　悼心《とうしん》の供《そな》え花

◎目次◎

＊生命

＊＊悼心の祭り

＊

生命《いのち》

生命《いのち》（序）

生命《いのち》を育む自然を
こわしてはいけない

世代から世代へと
生命をつないでいくことが
できなくなった今

自然をこわした人間は
最後に
復讐されるだろう

地球

地球の中には小さな親子がたくさんいる
小さな親子があつまって地球ができている

地球の中にはいろいろな親子がいる
いろいろな親子があつまって地球ができている

地球の中にはさまざまな生きものがいる
さまざまな生きものがあつまって地球ができている

だから

地球ってすごい
地球ってたいせつ

人間

人は
今
人間として生きる
喜びをすて

命あるものが
その生を全うする
権利すら奪う

空には　スモッグ

地には　アスファルト
海には　ヘドロ
緑の原には　コンクリートのビル

知りました

満天の星空を見て
宇宙の偉大さと摂理を
知りました

大地を踏みしめて
土のぬくもりとやわらかさを
知りました

森の深さと緑の原の内に
豊かさと優しさを

知りました

どこまでも広がる海原と
透き徹る水の青さから
はるかなる人類の起源と故郷《ふるさと》を
知りました

スモッグとアスファルト
コンクリートとヘドロの内からは
何も
知ることはできません

コンクリートのダム

ダムに没した山峡《やまかい》の村は
むらさき色の山々にかこまれ
静寂だけがただよっている

音もなく　動きもない
のっぺりとした人造湖のまんなかに
その昔　みなが祭りをした
村の杜の頂きに生えていた
杉の木が一本

古びた電信柱のように
つっ立っている

かつては
この山峡の村にも
いろいろな声がこだましていた
子どもが鬼ごっこをしている声
赤ん坊が泣いている声
犬がほえ
鶏が時をつげる声

でも
今は何の音もしない

それは
五十年前
高度経済成長の始まる前のこと

ボッチャレ

北海道は今　サケの季節
大海原から帰ったサケたちは
生まれ故郷をひたすらめざす

幸運なサケだけが
あと一ヶ月の命を得て

「ブナ毛」に変わったサケたちは
全力をふりしぼって子を産み
ふるさとの川でボッチャレとなって

無残な姿をさらす
背中の皮がはがれ
白くなっているのはオス
メスをめぐる激しい闘争のあと

尾が白いのはメス
穴をほり　小石を盛り上げ
全力で命の揺りかごをつくったあと

オスは先に死に
メスは近くで見守った後で死ぬ

ふるさとの川は
わが子を残すための生と死が同居

でも
自分の意思で子どもを産めたシャケは幸せ
母なる川でボッチャレとなったシャケは幸せ
その身をわが子の糧にできたシャケは幸せ

遮られて上れず
全精力を出しつくして死んでいくシャケこそ
あわれ

しゃけ

しゃけが川をのぼってくる
いっしょうけんめいのぼってくる
子孫を残すために
一生に一度の繁殖をめざして

でも　その先に川はない
堤防で遮れ
しゃけが進める川はない

どんなに跳んでももがいても

ふるさとの川に帰ることのできなかったしゃけたちは
川の澱《よどみ》に卵をまき散らし

コンクリートの堤防に
何度も頭をつっこんで
死に絶える

月の輪グマの親子

その年は
夏の気温が高すぎて
森にドングリが実りませんでした
お腹をすかした親子のクマは
ジリ　ジリ　ジリ　ジリと
人里近くにやってきてしまいました

そこには大きな柿の木があり
熟れた柿がたわわに実っています

お腹をすかした母グマは
思わず木にとびつきました
下にいた子グマ二匹も
ひっしによじ登ろうとしてました

でもここは
人間だけが住める里

突然の銃声に
母グマはドサッと下に落ちました
びっくりした子グマにも
銃弾は
容赦なく降り注いでいきました
一匹の子グマは母グマによりそい

一匹の子グマは母グマに手をさしのべたまま
息絶えました

そして
三匹の月の輪グマの親子は
ゴミのように　すてられました

死の影

今
地球は人間だけのもの
人間にしか生きられない

でも　確実に
人間にも忍び寄っている死の影を
まだ　誰も知らない

人間は自然の一部
動物の一部だってことを

まだ　誰も
知りたくないから

温暖化

探知機をつけたクマがいる
白い北極グマだ
二匹の子グマをつれている
これは絶滅危惧種になっている

個体数が減っているから
いろいろ調べているのだそうだ

わかりきっています
それは温暖化のせいだと

春　子グマをつれて穴から出てきても
エサのアザラシはどこにもいない

数をしらべてどうするの
行動をしらべてどうなるの

私達が変わればいい
ただそれだけのこと

乳の出ない母グマからの電波の位置は
一点にとどまったまま

母グマについていった
二匹の子グマも

温かい乳を飲むことなく
吹雪の氷原の中で
冷たくなった

悲しい鳥

世界中で
一番恐ろしいのは
人間

それを知らない
鳥たちは
みな
絶滅していった

トキ

赤い顔と赤いくちばし
トキ色の美しい羽
日本産のトキは
佐渡のキンを最後に
絶滅した

コウノトリ

農作業の田圃で
人と一緒に餌を啄ばみ
あぜ道で
子どもたちの通学を
見送っていた
人間のまく農薬で

死んでった
アホウドリ

恐れをしらない
この鳥は
人間をみると
よってきた
そして
羽毛を集めに来た人間に
撲殺され　死滅した
だからその名も「アホウドリ」

みんなやさしい鳥だった
人を恐れぬ鳥だった

チビのおかあさん

クッピーが死んだ
クッピーはチビのおかあさん
クッピーはのら犬だった

チビは寒い冬の日
凍てついた庭のかたすみで生まれた
クッピーはチビを
地面にほった穴の中でだいていた

でも　もう

チビには「おかあさん」はいない

どんなにさがしても
どこにもいない

どんなに鳴いても
とんできてはくれない

どんなにしっぽを咬んでも
やさしい目で見つめていた
チビの「おかあさん」はいない

母親

五歳の兄は
おかあさん　ごめんなさい　と言って
死んだ

二歳の弟は胸に包丁をつき付けられたまま
息絶えた
二人の兄弟はこうして母親に殺された

さわいでいたのを制止しようと
台所から包丁を持ち出した母親に

おかあさんのバカ
と言ったという
カッとなった母親に包丁をつき付けられた

意識がうすれていく中で
それでも兄は母親にあやまった
おかあさん　ごめんなさい　と

最後まで母親の愛をつないでおきたかったから
愛される子どもでいたかったから
大好きなおかあさんだったから

人間の親だけが
我子を殺す

好き

ママ
好きだといって
もっともっと
好きだといって
もっともっともっと
好きだといって
そう言った

兄　五才
まだ　何も言えなかった
弟　二才

「人間」のいない雑踏

街から「人間」が消えました
沢山の人がうごめいている
雑踏はあるけれど
そこにはもう
こころをもった「人間」はおりません

方向もなく　定めもなく
多くの群が
移動をくり返しているだけなのです

そうです
もう私たちには目的がありません
何の掟もありません

どこへ行こうと自由です
でも
どこにも行くあてがありません

ただあるものは
欲望を満たそうとする
最後のエネルギーだけ
それだけが群の命

だから
こころをもった「人間」のいない街は

雑踏の中でも
妙に静か

遠い天体

一番遠い天体は
百二十億光年ものかなたに
あるという

今見えるその光は
地球に
まだ人類がいなかった時のもの

今　発せられた光が届く時
地球にはもう

人類はいないだろう
驕《おご》りとエゴとによって
とっくに
亡び去っているだろう

＊＊

悼心《とうしん》の祭り

悼心の祭り（序）

東京には東京の
悲しみがある
みちのくには　みちのくの
悲しみがある

みちのくに赴任して十八年
ネオンとビルとバイパスをぬけた
道の辺のあたりには
いたるところに
悲しみがつまっていた

みちのくに暮らした四季は
春には
村人を救った義民が祀られた小さな社に
悲しみ色の桜が散り

夏には
山すそ近くまでくい込んだ田圃に
悲しみ色の稲葉がそよいだ

秋には
里山近くのすすきの原に
悲しみ色の風が吹き

冬には

畦道に立つ小さな野仏の上に
悲しみ色の雪が舞っていた

みちのくの悲しみは　いとおしい

名もなく逝った人々の
心の叫びが聞こえてくるから

生きることを拒まれた人々の
魂がよんでいるから

北の地は厳しいところ
北の地はやさしいところ
たくさんの魂が漂っているところ

だから　みちのくには
祭りが多い

死者を悼む
祭りが多い

これは
透きとおるような心の人たちへの
祭りの詩《うた》
声も出さずに逝った人々への
鎮魂の詩

墓石

にぎやかな街を
一歩ふみだすと
そこには
竹林にうもれたような
古寺がある

境内のこけむした墓石には
童子や童女の
おびただしい数の名が
刻まれている

それでも
墓石に名前を残せた
幼子《おさなご》たちは幸せ

この世に生を受けたとたん
産声を上げることもなく
母の胸の温もりも知らずに
間引かれていった赤子《あかご》たち

その児らに名前はない
墓石のどこにも
残ってはいない

雪深い冬の間

ひそかに闇送《やみおく》りされた
水子たち

その児らにも名前はない
親のそばに居たかろうと
土間のワラ打ち石のそばに
埋められた

境内へと続く
細く曲がりくねった坂の一角に
小さな水子地蔵がおかれ
赤い風車《かざぐるま》が回っていた

盆踊り

南無阿弥陀仏　南無阿弥陀仏
これは祭りだ
みちのくの祭りだ
死者を弔う祭りだ

今ある者は　その生を喜び
逝きし者には弔いをする
南無阿弥陀仏　南無阿弥陀仏

「じゃんがら念仏踊り」は盆踊り

新盆を迎えた人の家をめぐり歩く
まだ名前もない赤子や
童子や童女
弟や妹たちのために身を売って
無縁仏となった娘たち
だからこの祭りは「念仏踊り」
南無阿弥陀仏　南無阿弥陀仏と唱え歩く
みちのくには南無阿弥陀仏がよくにあう

甍《いらか》

大きな寺が甍をきそっている
ここは何もない北国《ほっこく》の街

大きな甍は
その昔
浄土を思い
彼岸を求めた人々のあかし

自然の厳しさと過酷な年貢との前に
生をまっとうすることができず

ひたすらあの世を願った人々のあかし

一瞬の此岸から
永遠の彼岸を求めた人々のあかし

黒びかりする寺の甍は
貧しい中から
浄財《じょうざい》を出し合った人々の
究極の願い

高速道路

緑の稲田に
高速道路が長く延びる

今は誰も
この地に飢饉があったことを
知らない

飢饉のたびに
たった一つのふろしき包みをかかえ
牛が引かれるように

この道を歩いていった娘たちのことを
知らない

親を覚え
そのぬくもりを知って十幾年《いくとせ》

親の恩はその身をつつみ
しかもなお死んだ娘の
骨をうずめる場所を拒んだ

今　ここには
科学の力で改良された稲の穂と
薬に塗《まぶ》された果実が
たわわに実る

彼岸花

雨もようの東北の空の下
真っ赤な彼岸花がさいている

彼岸花はあの世の花だから
みちのくの道の辺には
緋色の彼岸花がよくにあう

都から遠く
いつも貧しいみちのくは
どこをみても

かなしみだけがただよっている

この道は
その昔
何人もの娘たちが
廓へと売られていった道

娘たちは
夜ごとその身をひさぎつつ
心は故郷《ふるさと》の野辺をさまよい
まっかな情念を彼岸花にたくして
短い生涯をとじていった

今
いちめんに真っ赤な彼岸花がさいている

その山の辺の道にそって
ひっそりとかやぶき屋根の寺が立つ

新しい墓石がならぶその奥の
うっそうと木々が茂った窪地のすみに
いくつもの小さくまるい墓が
つみ上げられている

ここは
だれもおとづれない
無縁仏たちの
終《つい》のすみか

でも

ここに葬られた遊女たちは幸せ
愛するふるさとの空の下
真っ赤な彼岸花につつまれて
永遠の時の中に
眠ることができたのだから

なつ

なつの家は小作人
田んぼも　畑もない　小作人
八歳で子守に出され
十三歳で女工になった

なつは土がほしかった
土があれば
土さえあれば
弟も　妹も
お父も　お母も

いっしょに暮らせた

土の上で
いっしょに暮らせた

なつは一人働いた
一生をかけて土を求めた

そのつましい貯えは
なつの願いを貫いた

今
なつの小さな家の横には
三角畑がある

春
植えられたねぎの先では
ねぎぼうずが陽をあびている
ほうれん草が地べたにはりついている

でも
その土の上には
なつの家族はいない

一生をかけたなつの土は
我子のように慈しんだ土は

減反政策の下で
何の価値もなくなっていた

あったこと

貧しい北の村では
天候が命
不順な年には僅かな金で
娘がよく売れた

幼い順に一人へり二人へり
赤子や幼子たちは
共同墓地の小さな穴に
ひっそり埋められた

稲も実らず　畠もかれた
そんな時には村に女衒《ぜげん》が列をなし
まずしい身なりの娘たちがその後ろに列をなす

娘の家は遠いほどによい
親も会えぬし　娘も帰れぬ

すまぬ　すまぬとわびる父や母
いぐな　いぐなと追ってきた弟や妹たち

いつも思うは故郷《ふるさと》のこと
故郷の山川に恋い焦れ
つましい夕餉をなつかしむ

死ぬと分っていても

シャケが川を上るように
そこは故郷の川だから
古巣だから

でも　どんなに愛した故郷《ふるさと》も
すきとおる青空も　野の草も
二度と目にせず逝った娘たち

そんな人たちがいたことなど
そんな時代があったことなど
今は　もう
だれも知らない

（女衒）
娘を遊女に売ることを業とした人

うまかもの

いっとう　うまかもの
それは
水のような雑炊飯

中味がなくなってしまうのを
ひやひやしながら　すすり込んだ
囲炉裏端での　貧しい夕餉

トトがいてカカがいて
ジッチャもいて　バッチャもいて

弟たちや妹たちといっしょに囲んだ
囲炉裏端での　そまつな夕餉

それが
いっとう　うまかもの

一度やってみたいこと

十四で廓に売られた
はなが
一度やってみたいこと

一人の男のカカとなり
沢山の子を産《な》してみたい

我子に
乳房すわれたい

一夜《ひとよ》に何人もの男のカカとなり
はらんだ子はみな堕《おろ》された

一九のはなが
願うこと

小さな所帯をもって
我子を胸に抱《いだ》きたい

さち

秋の実りが豊かな年
黄金の穂がたわわにたれた年
幼いさちは小踊りをした
白い米さ食えると思い

いつまでたっても砂芋の雑炊
腰間がりのバッチャが言った
小作人は作るだけ
いくら植えたとて他人の田圃

荒地で作った砂芋は
そのまま食っては
すぐなくなってしまう
練って　丸めて　汁入れて食う

さちは妹を背負い
弟の手を引いて
甘芋をほおばりながら遊ぶ子を
いつも横目で見つめてた

くいたい　くいたいとせがんだ弟も
すなおに育ち　少年兵を志願した
それから南の島に送られ
戦死した

弟は三つ

山育ちの娘は素直で真面目
五歳の頃からおがちゃのかわりに
洗いものから汁たき
弟や妹のめんどうをみた

はしかで苦しむ弟をまかされた姉六つ
腹がすいたと泣く三つの弟に
ありったけのものをかき集めて煮て食わせ
うまい　うまいと食った後

死んだ弟

廓に入って
食事が三度におどろいた
魚の煮物を見ては泣いた

腹がすいたと泣きつつ死んだはしかの弟に
この白い飯　食わせたかった
魚を骨ごと　食わせたかった

いく年《ねん》たっても幼い弟は三つ
心の中に住んでいる

「ふんじゃぁな」

売った娘に会う親は
裏から入って　そっと出る

一年ぶりに会ったのに
親子の会話は何もない

ただ
互いの涙を
見つめるだけ

「ふんじゃぁな」と母が言い
「ふんじゃぁな」と娘がこたえる

交すことばは　ただそれだけ

帰る背中が　詫びていた
見送る袖が　濡れていた

ただ送るだけ

売られた娘は
帰れない

ふるさとに
ただ
米　おくるだけ
芋　おくるだけ

親が涙で荷をほどき
弟妹がバンザイをして　喜ぶさまを

思いうかべて　ただ送るだけ
送りつづけて
逝った娘たち

「はな」は九十歳

廓の中では子は産《な》せぬ
おろした水子を　心の中で弔うだけ
一年たつたびに一才を加え
何人もの子の年
数えてきた
娘か息子かわからぬ児らと
親子ですごす　夢をみて

一人淋しく生きてきた
十九の時の夢をだき
九十歳まで生きてきた

みつ

士・農・工・商は
なくなったのに
残っていたのは
山棲み人へのきびしい差別

みつの生まれた山も
下の村とは別の世界
山の娘はいつまでたっても
村の娘にはなれない

それが山の掟　村の掟　厳しい掟
山棲み人は
山の中でしか生きられない

みつのドドは猟の途中で大ケガをした
ジッチャは片目の病い持ち

ジッチャとまちがえるほどやつれたガガ
ひもじいといって泣く弟や妹たち

冬の寒い夜　裸の肌にくるんで
暖めてくれたやさしいバッチャ
今はいざりながら働いている

みんなを助けられるなら

自分の身を鬻《ひさ》げばいいのなら
進んで廓に来たみつは
ひたすら働いた

それから
ジッチャが死に　バッチャも死んだ
ドドもガガも死んでしもうた

みつは一人残された
もう
だれの役にも立てなくなった

もちっと早くに来りゃあよかった
みつは悔やんだ
それでもみつは働いた

それから十五年
昭和三十三年
売春防止法が成立した

墓標

マングローブの林を見下ろす一角に
日本人墓地がある
その墓標にはエヒメケン人
行年十九歳とある

大戦前は貧しい出稼ぎ国だった日本
ワカヤマケン人　シズオカケン人　アオモリケン人
墓の主の出身地はまちまちだ

南十字星の下で

薄幸の一生を終えた「からゆきさん」たち
ながれながれてきた娘たちの終《つい》の住処《すみか》は
遠い異国の地
今　ここは
若者たちの人気スポット

「からゆきさん」
戦前、南方などの外地に出稼ぎに行った女たちのこと

萩

会津には
もう　萩がいっぱいだった
萩とすすきの間の石段を登ると
そこには　武家屋敷が並んでいた

会津には
日新館があり
そこで武士道を学んだ少年達は
戊辰戦争のとき　白虎隊として散っていった

留守をまもった婦女子達も
家老の家では　三十四歳の妻が
十六歳の娘を頭に
十三歳、九歳、六歳、二歳の娘と共に自刃した

死に切れなかった乙女達は
踏み込んできた官軍の士に
虫の息の下で
介錯《かいしゃく》を乞うたという

下級武士の娘　しのは
父や　兄たちが死んだあと
十四歳で廓に来た
祖母の涙で縫いあげられた一枚の晴れ着を持って

そこは　海の男達が沢山来るところ
永い冬を耐え
廓の軒下に　はこべらが芽をだすのを
いつも待っていたしのは
二十歳の春に死んだ

賊軍となった武士たちは　北のはてへと追いやられ
罪のない乙女達の春を奪っていった
そして
実を結ばせることなく
その生を全うすることを拒んできた
多くの哀しみを秘めた武家屋敷の萩の花は
今

ピースをして写真に収まる娘達を見護っている

「介錯」
切腹する人に付き添って首を切り落とすこと
とどめをさすこと

ヤマ

ヤマ（炭坑）で生まれて
ヤマで育った若者は
先山《さきやま》として
裸でツルハシを握り石炭を掘る

炭塵で真黒くなった体からは
脂汗が流れおち
地の底での血と汗の労働を生きた

一日で一番の幸せは

地上の光が見えた時
うまい空気と
生きてた実感

ヤマで生まれて
ヤマで育った娘たちは
後山《あとやま》として
短い腰布一つで地底に入り
先山が掘った石炭を選別し　モッコを担ぐ
炭塵ですすけた顔と裸の乳房からは
いくすじもの汗が流れおち
短い腰布を濡らしていく

地底の奥のその底の

いく重にも曲った坑道は
若者や娘たちのまだ開かぬ生を
ガス爆発や炭塵爆発で奪っていった

爆発による
火災の延焼を止めるため
坑口をふさがれた者たちは
真暗になった地底から
聞こえぬ叫び声をあげ

塗炭の苦しみの中　蒸し焼きになり
必死に這い上ろうとした者たちの
怨念にみちた屍体を　累々とさらした

熱と蒸気で膨れ上った

娘たちの白い肉体は
真暗やみの地の底で
性へのめざめも知らぬまま
怪しい光を放っていた

それは山で生まれたものの定め
おとうも　おかあも
おじいも　おばあも
短い一生をヤマで生き
ヤマで閉じた

今はもう　ヤマはない
石油にとってかわられた

そして

昭和六十三年

北の炭坑の灯は　消えた

昭和を悼む（おわりにかえて）

昭和
そこには
貧しさがあり
戦争があり
高度経済成長があった

そして今
豊かさしか知らない私たちは

ほんとうの
「昭和」を知らない
知ろうとしない

そんな時代に
名もなく逝った人々の
魂によりそいたい

声も出さずに死んでいった
動物たちを弔いたい

悼む思い
ただそれだけで
綴ってきた

昭和の時代はもう遠い

谷口典子
1943年　東京生まれ
早稲田大学卒業
東日本国際大学教授
日本ペンクラブ会員
『あなたの声』（詩集）西田書店・他

詩集　悼心《とうしん》の供《そな》え花

2009年3月3日　第1版第1刷　　定価2000円＋税

著者　谷口典子 ©
発行人　相良景行
発行所　㈲時潮社

〒174-0063　東京都板橋区前野町4-62-15
電　話　03-5915-9046
F A X　03-5970-4030
郵便振替　00190-7-741179 時潮社
U R L　http://www.jichosha.jp
E-mail　kikaku@jichosha.jp

印刷・相良整版印刷　製本・仲佐製本

乱丁本・落丁本はお取り替えします。
ISBN978-4-7888-0635-1